Die werte Lady lässt sich gern...

5

Monaka Morinaka

INHALT

STORY

◆ Momoko, das wohlbehütet aufge-
wachsene Fräulein und ihr Privatlehrer
Natsuki sind ein Liebespaar. ♡ Jeden
Tag erteilt er ihr neue lüsterne Lektionen und Momo ist mehr als zufrieden
damit, dass er sie sein eigen nennt.

◆ Momoko hat beschlossen, mit Natsuki nach Europa zu reisen, um mit ihm
ihr erstes Mal zu erleben. Da Natsuki
verkündet hat, dass ihm das sehr viel be-
deutet und er daher eine besondere Erinnerung an einem anderen Ort kreieren
möchte, befindet sich Momoko auf dem
Gipfel der Glückseligkeit. ♡

◆ Als Natsuki sie jedoch auffordert,
ihm ihre Wünsche für dieses besondere
Ereignis zu verraten, gerät Momoko in
Panik. Sie antwortete darauf leichtfer-
tig, dass sie elegant bleiben, gleichzeitig
hemmungslos sein und ganz viel dabei
weinen möchte ...

Momoko Hojo ◆ Ein junges
Fräulein, das an einer berühm-
ten Frauenuniversität studiert.
Sie ist stets bemüht, für Natsuki
eine elegante und vornehme
Lady zu sein.

Natsuki Ayakura ◆ Momokos
Kindheitsfreund und Nachhil-
felehrer. Obwohl er behauptet,
Momoko zu einer unschuldigen
Vorzeigedame erziehen zu wollen, erteilt er ihr alles andere als
unschuldige Lektionen ...

20.
KAPITEL

... aber so wie mein Körper aktuell tickt ...

Wir sind für mein erstes Mal extra auf Reisen gegangen ...

Es ist furchtbar ...

ZITTER

ZITTER

ZITTER

... kann ich unmöglich Sex haben.

Ich ...

Okay!

»Verrate mir, wie du dir dein perfektes erstes Mal vorstellst.«

...also doch schon genug von mir?!

H...Hat er...

Lass uns schnell mit dem Training beginnen.

Das ist übel.

Woran es wohl liegt?

O... Okay ...

Momo ergreift heute aus irgend- einem Grund die Initiative.

SCHRECK

Haaah...

Träume ich?

Sie schien sich zwar Gedanken darüber zu machen, Sex mit mir haben zu wollen ...

Da fällt mir ein, wie sehe ich nur aus?!

FASZINIERT

Das macht mich unheimlich glücklich.

Kommt es davon, dass ich ihr vorgeschlagen habe, zu trainieren?

... hat sich diesbezüglich aber wenn überhaupt nur passiv gezeigt.

Das ist womöglich das erste Mal, dass sie so die Initiative ergreift.

Wo sind meine Sachen?

Was für ein Glück!

Bedeckt sich mit ihren Haaren

Schreck

Ich habe das Gefühl, eine neue Seite blüht in Momo auf.

Oh!
Willkommen
zurück!

Hah!

Hah!

Hah!

Hattet ihr
Spaß beim
Picknick?

Ja!

Dieser Mann
ist ein alter
Bekannter und
der Besitzer
der Pferde ...

Das
freut
mich!

... Herr
Adler.

Er hat sich
schon früher
immer um uns
gekümmert ...

... und uns
auf seinen
Pferden rei-
ten lassen.

Herr Adler, dürfen wir reiten?!

Heute übernachten wir in der Villa von Herrn Adler.

Na klar!

Ich muss schnell mit dem Training ...

Schnell!

Ja!

Momo, du bist Billy schon lange nicht mehr geritten, oder?

Schnaub

Train...

Los, rauf mit dir.

Was ist los, Momo?

Warte bitte kurz!

Hm?

Ha ha!

Die Frage, ob es wirklich funktionieren wird, bringt mich in Bedrängnis.

... meinen Körper trainieren?

Wird verschnürt zu reiten wirklich ...

Ehrlich gesagt ist mir aktuell nichts Besseres eingefallen ...

... um deinen Körper dahin zu formen, hemmungslos und gleichzeitig elegant zu sein.

Ich muss ihn so schnell wie möglich dafür stählen ...

... bevor Natsukis Gefühle für mich erlöschen.

Schnaub

Entschuldige, dass mir nur so etwas Unzulängliches eingefallen ist.

Mein Körper reagiert unangemessen und ist für Sex nicht bereit.

Hah ...

SCHOCK

Extrem aufgeregt

Er hat geseufzt!

Zum zweiten Mal!

...

STREICH

Okay.

Entschuldige, dass ich in dem Zustand auf dir reiten werde, Billy.

Du machst es?

Hm?

Ich bin bereit, alles zu tun, um diesen nervigen Körper ...

... gefügig zu machen!

Sst

?

Reib
スリ

Reib
スリ

Schock

Da ver-
läuft das
Seil!

Aaah!

ERRÖT

Süß!

... für mein erstes Mal bin.

Ich zweifle stark daran, dass ich tatsächlich bereit ...

Viel Spaß!

Dass ich ...

Zitter

... wegen so einer sanften Berührung so aus dem Häuschen gerate, zeigt nur ...

... dass es sowohl meinem Körper wie auch meinem Geist an Reife fehlt.

Los geht's.

Also dann ...

Swusch

Poch

Poch

Okay.

Ich muss trainieren und mich darauf vorbereiten ...

Uh ...

Tarapp

WIEHEEER

...?!

Huch?

Das darf
nicht wahr
sein.

Ah!

Ah
...

Ah!

...

Aaaah?!

PRESS

Ah
...!

Iek
...

Oh
nein!

Das
Seil ...!

TARAPP

TARAPP

TARAPP
Iek!
Warte bitte ...
... Natsuki ...
ZITTER
ZITTER
TARAPP
Ah!
Ah!
TARAPP
TARAPP
Das Seil ...
... reibt durch den Schwung des Pferdes ...
Ah!
Ja.
Mh!
... seltsam an meinem Körper!
Das ist so heftig!
Aah!
TARAPP

... bei richtigem Sex geht es noch viel heftiger zu.

... aber ...

Das mag sein ...

TARAPP

TARAPP

!

TARAPP

TARAPP

Als dein Freund ...

... möchte ich dieses Ideal verwirklichen.

Dein Ideal ist doch ...

... absolute Eleganz gepaart mit wahrer Hemmungslosigkeit, oder?

TARAPP

Ah! Ah!

Deswegen musst du auf diese Weise ...

TARAPP

Stell dir vor, dass die Schaukelbewegung eine von mir ausgehende Stimulation ist.

Es reibt so schön.

Die Stimulation durch das Seil ist hervorragend, was?

ZUCK

Wie?

TARAPP

TARAPP

Beim Sex findet ebenfalls so eine Art Schaukelbewegung statt.

Ah!

Reib

...Schaukelbewegung....?

TARAPP

TARAPP

Eine von Natsuki ausgehende ...

22

Alles okay, Momo?

Trink etwas Wasser.

Schnaub

Ja.

Schon gut.

Starr

... da konnte ich nicht abrupt stoppen.

Verzeih mir, Momo.

Ich war plötzlich vor Freude ...

... in solcher Ekstase ...

Hah

Hah

Poch

KÜSS

KÜSS ♡

Ich bin so erbärm- lich.

Uh ...

29

Ich hab jetzt realisiert ...

... wie heftig Sex sein muss.

Wie ein Rehkitz

Es tut mir leid.

Mein Körper wollte nicht auf mich hören.

zitter zitter

Es ist mir nicht wirklich gelungen, elegant zu reiten.

Ich möchte mich beim Sex elegant präsentieren, so wie es sich gehört ...

?

... bin ich aktuell weder vom Körper noch vom Geist her dafür gewappnet, mich dabei elegant zu präsentieren.

Wenn es beim Sex so heftig zugeht ...

... sodass Natsuki vollauf begeistert ist.

Ich möchte noch mehr trainieren!

So werde ich nur eine erbärmliche Vorstellung abliefern!

Es wird alles gut.

Wenns richtig zur Sache geht, bin ich dein Partner und nicht das Pferd.

Mach also kein so besorgtes Gesicht.

Natsuki!

Stimmt ...

!

RUMS

Natsuki wird mein Partner sein.

Selbst wenn ich mich auf Billy nicht elegant benehmen konnte ...

31

Momo?

Bevor ich die beim Reiten erlernte Bewegung ...

... und das heftige Gefühl vergesse ...

... möchte ich testen, ob das Training eben gefruchtet hat ...

... und ich mich auf dir elegant geben kann.

Schließlich wirst du mein Sexpartner sein, Natsuki.

... und ähnliche Bewegungen wie beim Reiten ausführen, oder?

Natsuki, ich soll dich auf diese Art besteigen ...

Uh!

Zitter

Zitter

Momo versucht, sich von sich aus zu bewegen?!

Uh!

Was ist jetzt los?

Ich werd mich bewegen ...

Momo ...

Scheinbar hat sie Lust bekommen, beim Sex oben zu sein.

ERRÖT

Hn!

Uh!

... also beweg bitte auch du dich wie beim Reiten, Natsuki.

Zitter

Zitter

21.
KAPITEL

Könntest du die Bewegungen des Pferdes nachahmen?

Ich möchte ausprobieren, ob der Ritt gefruchtet hat ...

... und ich es mit Fassung tragen kann.

Also gut!

...

Die Stimulation durch das Seil um meinen Hintern ist zu heftig.
Aah!
Uh! ♥
Hah!
Ah! ♡
Hah!
Zitter
Zitter
Ich kann nicht mehr klar denken.
Zuck
Zuck
Hörst du mir zu?
Aah!
PATSCH
Zuck
Ich möchte, dass wir uns beide Mühe geben ...
... nach unserer ganz eigenen Form der Liebe suchen ...
Reib
SCHAUDER
!
SCHAUDER
REIB
... und diese vertiefen.
Hah ...
SCHAUDER

Das von mir erträumte erste Mal ...?

ZUCK

Ah ...!

Hh!

Hh!

ZUCK

Ah ...!

SCHRECK

...!

Uh ...

... Momo?

Hast du verstanden, was ich gesagt habe ...

Baff

Baff

Ugh! Ugh!

... Antworte mir.

Momo, bist du gekommen?

Wie süß ist das denn bitte?

Ah ...

PATSCH

Braves
Mädchen.

Aber ...

Aaah?!

... und um
den Verstand
gebracht
werden ...

... sollte ich auf
diese Weise
bestraft ...

Momo?

zitter

Alles
okay?

zitter
zitter

Hah ...

Hah ...

Hah ...

...

46

Nein! !

Es ist nichts!

Wenn du über irgendetwas sprechen möchtest, hör ich dir gern zu.

... eine ganz andere Hausnummer.

... aber von mir aus darum zu bitten, ist noch mal ...

Ich hab schon mal zugegeben, dass es sich gut anfühlt, während ich bestraft wurde ...

Was ist los?

Du kannst einem leidtun.

Lass uns in Herrn Adlers Villa weitermachen.

Es ist schon dunkel.

Was?!

Ah ja?

Ach Momo ...

... sie bereiten eine Party für uns vor.

Schau mal, Momo ...

Trapp

Trapp

Zur Feier, dass wir ein Paar geworden sind.

Hah ...

Zitter

Zitter

Ich freu mich darauf.

Da wir zu Gast sind, haben sie gebeten, dass wir nicht helfen.

Ähm ...

Ich möchte schnell mithelfen gehen.

Nichts da.

Hah ...

Hah ...

O... Okay ...

Na los, konzentrier dich.

Wenn du hingehen willst, dann lass uns erst mal testen, inwiefern das Training gefruchtet hat.

So?

Nh ... Uh ...

Zitter Zitter

J...

Ist es so richtig?

Ja.

Tschupp

Tschupp

Sie ist wohl bei einer seltsamen Schlussfolgerung angelangt ...

... und war ganz aufgewühlt deswegen.

Tschupp

Hi hi

Sie kämpft so ernsthaft mit sich.

Wie süß.

Kein Wunder, wenn ich sie die ganze Zeit zwinge, seltsame Dinge zu tun.

Ihr Gesichtsausdruck vorhin ...

Ah!

Ich möchte auf diese Weise sinnlichen Sex mit Natsuki haben.

Und ich möchte mir einen Körper erarbeiten, der zu solchem Sex taugt.

Mh!

Mh!

Reib

Reib

Zitter ~~~ Zitter

Der war viel wilder, oder?

Erinnere dich an den Rhythmus beim Reiten.

... krieg ich allerdings niemals über die Lippen.

»Bestraf mich bitte während des Sex« ...

Ja!

Ah!

Ah!

Natsukis Glied drängt sich an mich.

In etwa so.

Ah!

STOSS

52

Ah!
Was mach ich nur?
Hah …
Hah …
Ah!
Natsuki …
Die Bewegungen bringen mich um den Verstand.
Ah!
Ah!
Ah!
REIB
REIB
Ah …!
Nah!
REIB
Ich werde gleich ohnmächtig.
Ha ha.
Momo, das macht Spaß, oder?
Ah!
Badumm
Mh!
Er wahrt die Haltung …
… selbst in so einer Situation …

Hah...

Was ist nur los?

H'ah...

Ah!

H'ah...

Hah...

... wird uns noch jemand erwischen.

Wenn du dich so wild bewegst ...

Warte, Natsuki!

Uh

REIB

REIB

Ich hab keine Ahnung von echtem Sex ...

... aber das hier ähnelt ihm sicher.

Aah!

Hah...

Ah!

Hah...

...!

W... Wirklich?

Hab ich's wirklich geschafft, mich elegant zu geben?

ZUCK

KISS

Ich liebe ihn so sehr.

Ich hab es erst realisiert, nachdem du mich darauf hingewiesen hast, Natsuki ...

Obwohl ich so anstrengend bin ...

... ist er zuvorkommend und rücksichtsvoll in unserer Beziehung.

Ah♡

... bislang wohl noch gar nicht bereit für mein erstes Mal.

... aber ich war ...

Ah♡

Aber jetzt sollte ich dafür gewappnet sein!

... um elegant zu bleiben, egal wie heftig es beim Sex zugeht, oder?

Ich müsste meinen Körper jetzt schon ordentlich gestählt haben ...

Meinst du?

Damit ...

TRAPP

TRAPP

... müsste mein Körper bereit sein, um ihn Natsuki darzubieten.

Da fällt mir ein ...

Wenn ich nicht schleunigst dahinterkomme, verursache ich nur Probleme.

... um ein akzeptables elegantes Benehmen an den Tag zu legen?

Wie weit muss ich eigentlich gehen ...

Ich darf Natsuki nicht noch mehr Är- ger bereiten.

... dreht sich alles um ihr erstes Mal ...

...

In Momos Kopf ...

!

Sollen wir helfen gehen?

Ich möchte keine an- strengende Freundin sein.

KLOPF KLOPF

KATSCHAK

Hier seid ihr also.

Ich hab euch gesucht.

Haruichi?!

Heute ist es unerwartet heiß, oder?

Tapp Tapp

Komm Momo nicht zu nahe!

Hey!

Was machst du hier?

Tauchst hier so plötzlich auf.

Natsuki, Haruichi ist ...

ZITTER BIBBER

Aah!

Ah!

Ah!

Erinnerungen werden wach.

Mach dir keine Sorgen.

Swusch

... und sich gebessert zu haben.

Er beteuert, uns aus bestimmten Gründen gefolgt zu sein ...

Was?!

Hab keine Angst, ich werde dich nicht ärgern, Momo.

Ich diene Natsuki aktuell als Sklave.

Natsuki würde mich sonst umbringen.

Hi hi ...

?

... daher hab ich mir Gedanken gemacht ...

Aktuell stellt Natsuki mich auf die Probe ...

Ich geh nicht nach Hause.

... daher muss er meinen Sklaven spielen, bis ich zufrieden bin und wenn ich genug habe, schicke ich ihn heim.

Ihn aus den Augen zu lassen, führt nur viel eher zu Problemen ...

Was hat das zu bedeuten?!

Tadah

Wenn ich etwas tue ...

... was euch beiden zugutekommt, wird er mir vielleicht verzeihen.

Ich bin auch brav auf Abstand zu Momo geblieben.

AUF DISTANZ

Und als du mir sagtest, ich soll drei Stunden lang im Wald Wache halten, hab ich auch wirklich Schmiere gestanden.

Spinn keinen Schwachsinn zusammen!

Was weißt du schon über mich?!

Warte! Ich wollte dir nur einen Gefallen tun!

Hä?!

Du missverstehst das!

Äh ... Ich bitte ... um Nachsicht?!

Da ich niemandem erlaubt habe, sich dem Wald zu nähern ...

... fordere ich Nachsicht!

...

Ich hab mich sogar mit Leuten geprügelt, die in den Wald wollten.

Ich wollte nicht, dass er mir Ärger macht und hab ihn selbstgefällig zu meinem Sklaven ernannt.

Ich hätte jedoch nicht gedacht, dass er seine Rolle so ernst nehmen würde.

Ich habe keinen blassen Schimmer, was er damit erreichen will.

Ist mir aber auch egal.

Bleib da drin.

SCHLUCK

Patamm

Ent-schuldige, Momo.

TAPP

Ah!

Sag ...

... sind das wirklich Dinge ...

... die du magst, Natsuki?

... Liebenden verwendet werden.

... dass es Dinge sind, die von ...

Deiner Reaktion zufolge kann ich mir gut ausmalen...

Und bei dir würde ich sie nicht anwenden. Sei also unbesorgt.

Ich hege keine besondere Vorliebe für diese Dinge.

KLAPP

Hi hi!

Du hast eine blühende Fantasie, Momo.

Bei mir?!

Kann er es bei mir nicht benutzen, weil mein Körper ...

Warum?

Voll ins Fettnäpf-chen.

... so unreif und pro-blematisch ist?

Er mag solche Sachen nicht?

Wirklich?

Ich weiß nicht ...

Momo, du brauchst nur die Dinge zu lernen, die ich dir zeige.

Vergiss das hier ruhig.

Diese Dinge haben extremes Interesse bei mir geweckt!

Nein!

Uh ...

Ich möchte mehr über die Dinge erfahren, die mir unbe-kannt sind!

N...

!

... die mit Natsukis Vorlieben und Anforderungen klarkommt.

Ich möchte zu einer Frau werden ...

Daher hab ich Angst.

Ich bereite Natsuki wegen meines ersten Mals bereits genug Umstände.

Ich ...

... bin für alles offen und bereit.

Ich möchte nicht ...

...dass sich in Natsuki noch mehr Frust wegen mir anstaut.

Ich muss ihm intensiver demonstrieren, dass ich zu allerlei Dingen fähig bin.

Es wird schon alles!

... auch darüber hinaus alles zu tun.

Ich hab mich zwar bereits mit einem Seil verschnüren und mir ein Halsband anlegen lassen ...

Auch mein erstes Mal werde ich meistern.

... aber ich bin bereit ...

Zu Hause bei unserem alten Bekannten, Herrn Adler ...

... dem wir aktuell zur Last fallen ...

... wird eine Party zur Feier unseres Zusammenkommens als Paar abgehalten.

Ich freu mich für euch beide.

Zwei, deren Entwicklung ich von klein auf mitverfolgt habe, haben jetzt so zusammengefunden, was?

Natsuki, du Glücklicher!

Und ich hatte dich ja explizit gebeten, mir unbedingt Bescheid zu sagen, wenn es dazu kommt.

Dass ich Natsukis Freundin werden konnte ...

FREU
FREU

... ist für mich das bedeutendste Ereignis meines Lebens ...

Sie freuen sich alle so sehr?

S...

Glück-
wunsch!
Glück-
wunsch!

... macht mich glücklich.

... aber dass mir auch Unbeteiligte so ausgiebig dazu gratulieren ...

Ja!

Momo, das freut einen rich-tig, was?

Ja!

Werde glücklich, Momo.

は、

SCHRECK

Ich bin offen und bereit für alles!

Diese Dinge haben extremes Interesse bei mir geweckt!

Hab ...

...

... ich was Komisches gesagt?!

Vorhin hatte ich allerdings das Gefühl, etwas Unnötiges gesagt zu haben ...

Verstehe.

LÄCHEL

... und Angst bekommen ...

Puh!

Wofür in aller Welt nutzt man solche Utensilien?

Es scheint alles in Ordnung zu sein.

Ein Glück!

LÄCHEL
LÄCHEL

Natsuki...

??

... trainiert...

FLÜSTER

Natsuki...

... die Vorbereitungen sind abgeschlossen.

Und nimm auch das hier.

... meinen Körper dahingehend...

... dass er ihn genießen kann, oder?

... viel nä-
herkommen
können als
bislang.

DING

DING

DING

ZZZ   ZZZ

Huch?

...

Aber
warum?!

Das
geht seit
dem Ausritt
so, oder?

ZITTER

ZITTER

Waren
meine Worte
tatsächlich so
daneben?!

... hat er
meinen Körper
nicht einmal
angefasst.

In den
letzten
Tagen ...

Wir sind herum-
gereist und nach
Prag zurückge-
kehrt.

Diese Dinge haben extremes Interesse bei mir geweckt!

Unbekannte Utensilien

ZITTER

ZITTER

Mein Interesse für Dinge zu bekunden ...

... von denen ich keine Ahnung habe, war ein gefährlicher Zug.

... ich befürchte, das war ein schrecklicher Fauxpas.

E...

Es bereitet mir zwar auch Freude ...

... nur so mit ihm zusammen zu sein ...

... aber ...

ZITTER

ZITTER

ZITTER

ZITTER

ZITTER

KUSCHEL

INHALIER

Hah
...

ANGETÖRNT

SCHNÜFFEL

SCHNÜFFEL

Natsukis
Geruch ...

Was
mach ich
nur?

Es
tut mir
leid ...

Es ist ein
unbeschreiblich
toller Duft. Ich
liebe ihn.

... dass
ich dir so
was antue,
Natsuki.

... mit Natsuki
in einem Bett
geschlafen habe.

Das ist der
Ort, an dem ich
das erste Mal ...

... ist
wie ein
Traum.

Selbst
nachts mit
Natsuki zu-
sammen sein
zu können ...

... den man mag, in einem Bett zu liegen.

Daher hatte ich keine Ahnung, dass es solche Freude bereitet, mit jemandem ...

... damit dieses Glücksgefühl fortbesteht.

Ich schwor mir, dass ich bereit sein würde, alles zu tun ...

STARR

Daran hat sich bis heute nichts geändert.

Er duftet so gut.

ZZZ

ZZZ

... aber wenn du ständig an meiner Seite schläfst ...

Ich weiß, dass ich mich ...

Hah!

... zusammenreißen muss ...

Hah!

Hah

REIB

TSCHUPP

TSCHUPP

Hah!
Hah!

Hah...

Ent-schuldige, Momo!

Entschul-dige ...

Hah...

GLTSCH

GLTSCH

TSCHUPP

TSCHUPP

... geht's nicht.

Ah!
Hah!
Hah!
Momo ...
TSCHUPP
TSCHUPP
TSCHUPP
Mh ...
...!
REIB
REIB
Mmh ...!
REIB
...!
Hah! Hah ...
REIB
REIB
REIB
ZZZ
ZZZ
Ah!
Ah!
Ich ...
PRESS
PRESS
Hah!
REIB
Aah!
ZUCK
REIB
REIB
Unglaublich, dieses Mädchen ...
ZUCK

Jetzt lässt sich nicht ausschließen ...

... dass Natsukis Gefühle für mich abgekühlt sind.

»Diese Dinge haben extremes Interesse bei mir geweckt!«

Ich hab etwas Unelegantes gesagt.

DEPRI

Momo!

KLOPF
KLOPF

SCHRECK

Bist du bereit?

Ja!

Ich muss auf eigene Faust was dagegen unternehmen.

Zeit für freiwilliges Sondertraining, um in jeder Situation ...

... elegant sein zu können.

Wickel

Wickel

Haruichi hat Natsuki ebenfalls lieb.

Wie ich's mir dachte ...

Kennst du zufällig ...

Ähm, Haruichi ...

... auch wenn man hemmungslos ist?

... eine Trainingsmethode, um elegant zu bleiben ...

Warte mal.

Hm ...

Wie verhält sich ein Sklave hier richtig?

Was mach ich jetzt?

Um nichts Spezifisches ...

Worum geht's denn dabei?

Ein intimes Gespräch?

Äh!

93

Ist
währenddessen
nie etwas vorgefal-
len, das dir Angst
gemacht hat?

Ihr habt auf
der Reise als
Paar ständig
aufeinander-
gehockt.

Jetzt
könntest du es
womöglich noch
rechtzeitig
abwenden.

Außer-
dem ...

Ich bin
absolut
glücklich!

Nein,
niemals.

Aus
irgendeinem
Grund bauscht
Haruichi ...

Warum
wohl ...?

... damit wir
für immer so
zusammenblei-
ben können.

... habe ich
vor, mein
Bestes zu
geben ...

... Natsukis
Gefühle zu
einer Riesen-
sache auf.

96

97

KÜSS

Hi hi!

Das hat mich etwas beruhigt.

Momo!

KLACK
KLACK

Momo!

...

?

Nimm
schon.

Was ist
das?

KLACKER

Hm?!

Ein
Aphrodi-
siakum.

Hier,
schenk
ich dir.

Natsuki ...

Uh ...

ZITTER

Momo ...

ZITTER

Als Erstes ...

... bestrafst du mich.

I ...

Ich soll dich bestrafen, Natsuki?!

Eine Peitsche wäre da adäquat, oder?

... und dich dazu getrieben, deine Gesundheit zu gefährden.

Ich hab dir nämlich viel zu viele Sorgen bereitet ...

Was?!

Als Nächstes bist du dran, Momo.

Wir müssen dich verarzten.

Warum hast du das getan?!

Natsuki!

Ah ...

BADUMM

BADUMM

Ähm ...

Ah ...

Warum hast du dich mit dem Seil verletzt?

Dein Körper gehört mir, Momo.

Du darfst ihn nicht einfach so beschädigen.

Da du es mit der Schnürung übertrieben hast ...

... sind Blessuren zurückgeblieben.

Wir haben die Dinge auf dem bisherigen Level praktisch durch.

Ich wollte dir daher Zeit lassen, jetzt wo es auf den eigentlichen Akt zusteuert ...

... dir auszumalen, wie es sein wird, es mit mir zu tun.

... Natsuki ...

Mein Körper gehört ...

Dass du mich nicht mehr angefasst hast, Natsuki ...

... hat mir Sorgen bereitet ...

Hast auch du dir ausgemalt, wie es mit mir sein würde?

Das Fantasieren ist nämlich wichtig.

Ich habe über zehn Jahre damit verbracht zu fantasieren.

Versteht man darunter Fantasieren?

Aus Sorge ...

... und Frust hab ich seltsame Dinge getan ...

... wie an ihm zu riechen.

SCHNÜFFEL

ANGETÖRNT

SCHNÜFFEL

Fantasieren.

Schreck

LÄCHEL

LÄCHEL

Hat er spitzgekriegt, dass ich so was Seltsames gemacht hab?!

Nun ...

... was das Fantasieren angeht, so hab ich aus Frust ...

... deinen Geruch inhaliert, Natsuki.

ZITTER

ZITTER

FREU

LÄCHEL

LÄCHEL

Wirklich?

ERRÖT

112

? ? Was gemeinsam?!

FREU

Es sich selbst besorgt?!

FREU

Ich hab es mir selbst besorgt, während ich deinen Duft genossen habe, Momo.

Das freut mich.

Da haben wir was gemeinsam!

... dass du darauf achtest, deinen Körper nie wieder zu verletzen.

Jetzt müssen wir dafür sorgen ...

Also gut.

... dass du nicht auf dein eigenes Wohlergehen geachtet hast, okay?

Ich werde dich dafür bestrafen ...

Ah ...

REIB
REIB

Mh

Die Obliegenheit, dich zu bestrafen ...

... gebührt allein mir.

Hast du verstanden?

PLOPP

Äh ...

Ich lasse äußerste Vorsicht walten ...

... dir keine Blessuren zuzufügen ...

... während ich deinen Körper berühre, Momo.

SST

Hi hi!

... Natsuki ...

Uh ...

Ja ...

... da du Interesse geäußert hattest, Momo.

Was?!

Ach übrigens ...

Ich hab allerlei Spezialanfertigungen vorbereitet ...

... hätte aber nicht gedacht, dass sie wirklich mal zum Einsatz kommen.

... dass man mit ihnen gut trainieren könnte ...

Ich hab diese Dinge anfertigen lassen, weil ich dachte ...

Wenn auch etwas anders als gedacht.

Ursprünglich wollte ich so was hier nicht nutzen.

... passt meiner Meinung nach nicht zu Momo.

... aber das dem Design und den Vorlieben des Herstellers entsprechend zu stark in Richtung SM tendierende Spielzeug ...

Seil und Fesseln sind okay ...

?!

SCHWPP

KLACKER

KLACKER

... da war ich aber nicht anwesend.

Du hast das zuvor schon mal ausprobiert ...

Hah ...

W... Was ...?!

Hah ...

... und konnte nicht zuschauen.

Was ist das?

Und dann ist da auch noch das ...

Klick

Demonstrierst du es mir stattdessen jetzt?

N... Natsuki ...?
Bist ...
Aah!
... du da ...?
Ah!
ZITTER
ZITTER
Das ist mir peinlich!
Mh!
Hah
ZUCK
Sag ...
D... Das macht mir Angst ...
... bitte was!
Aaah!
ZUCK
Nicht weglaufen zu können, wenn man weglaufen will ...
Hah ...
Ja!
Hah ...
... ist hart, nicht?
KRAMPF
Ich freu mich ...
... dass du was gesagt hast ...
Ah!
KLACKER
Ah!
KLACKER
He he!
Du kannst deinen Körper überhaupt nicht bewegen, was?

... wenn du mich direkt berühren würdest!

Ich liebe dich nämlich!

... würde es sich für mich tausendmal besser anfühlen ...

Außerdem ...

Zitter

Zitter

Zitter

Nein!

Rutsch

Flapp

Es fühlt sich gut an ...

... weil die Vibration von dir beeinflusst wird, Natsuki!

...!

Ach ja? Das freut mich.

Schreck

Erröt

Ah!

Ah!

Aah ...

Klack

... versprich mir etwas.

Momo ...

Uh!

Uh!

Zuck

Hah

Ah!
Hah!

Zitter
Zitter

Er starrt mich so intensiv an!

Du bedeutest mir sehr viel, Momo.

Daher möchte ich, dass du gut auf dich achtgibst.

... erträumte erste Mal aussehen soll ...

Ständig hab ich dich ausgefragt, wie das von dir ...

Zum nächsten?

...?

Dann auf zum nächsten Thema.

Du hast die Antwort aber immer verheimlicht.

Ausgelaugt

Warum sagst du mir das nicht?

Erröt

Was?!

Ähm ...

In Wirklichkeit möchtest du Sex haben, während ich dich bestrafe, oder?

Wie töricht ich doch bin.

Ich hab daher angefangen, mir ein bisschen auszumalen ...

... dass unser erstes Mal genau so aussehen könnte.

Das ist alles.

Wenn du mich so ungehalten berührst ...

... macht es mich unglaublich glücklich und fühlt sich so toll an.

Natsuki ...

Vergib mir.

Gut, dass du es mir gesagt hast.

DRÜCK

Das war sie nicht! Du bist so süß!

KNACKER

Entschuldige bitte ...

... meine törichte Schnapsidee.

Ich ...

... will es jetzt ...

Ich möchte es mit dir tun.

... mit dir tun.

KÜSS

Hah!

SLRP

Mmh
...

Mh
...♥

Hah!

Mh!
...

SLRP

Mh!

Ah!

Mh!
Hah

SLRP   SLRP

KÜSS   KÜSS

SLRP

Das ist
wirklich ...

Ah!

Luft hol

Momo ...

KÜSS   Mh!

KÜSS

?!

Momo
...

... verliert
den Ver-
stand.

KÜSS

TRÄN

TRÄN

Nein!
Nicht ...

Hör
nicht
auf!

Küss mich!
Küss mich bitte
noch mehr!

Warum ...

... mit Momo erleben möchte.

... weil ich ein perfektes erstes Mal ...

In erster Linie ...

Mh! ♡ Mh!

... gehe ich die Sache eigentlich so umständlich an?

Rutsch

... verliert gleichermaßen den Verstand dabei ...

Allerdings fantasiert Momo ...

... über unseren Sex genauso intensiv wie ich ...

Natsuki ...

Ich bitte dich ...

... und verspürt für meinen Körper genauso ein verrücktes Verlangen wie ich für ihren.

Das übertrifft meine kühnsten Fantasien.

Verstehe.

Ich werde es jetzt mit dir tun.

Waaah! Waaah!

Ich freu mich ... Ich freu mich so!

ZUCK

ZUCK

Ngh!

Schauder

Schauder

Schauder

...!

Natsuki ... N...

24. KAPITEL

... und auf unser Zimmer zurück, was?

Dann wollen wir das Verlies mal schleunigst verlassen ...

Momo ist so süß!

Es gibt doch sicher Dinge ...

... die es beim Sex zu beachten gibt?

... wir brauchen nicht aufs Zimmer zurückgehen.

Ähm, Natsuki ...

Bring sie mir bitte bei!

zitter

zitter

Hm?

Viel wichtiger ... Ähm ...

E...

Schreck

Einen Augenblick mal!

Ist das nicht viel zu groß?!

PANIK

Uh ...!

PANIK

... aber dieses Riesending soll in mich reinpassen?!

FLOMP

De-finitiv ... rie-sig ...

Ich habe zwar noch nie das Glied eines anderen Mannes gesehen und daher keinen Vergleich ...

Dabei habe ich extra trainiert.

ZITTER ZITTER

Damit wäre mein Traum von elegantem Sex ...

Selbst wenn er's noch gerade so in mich reinbekommen sollte ...

ZITTER

... wird er enttäuscht sein.

Wenn ich mich dabei völlig gehen lasse ...

... damit Natsuki sich noch intensiver in mich verliebt ...

... wird es ein Ding der Unmöglichkeit für mich sein, mich dabei elegant zu geben, oder?!

Ich
wollte ...

... dass
du genau-
so fühlst
wie ich.

Alles
Weitere kann
von mir aus auch
Jahre auf sich
warten lassen.

Dass dieser
Wunsch in Erfül-
lung gegangen
ist, ist bereits
befriedigend
genug für
mich.

Heißt das,
da er jetzt
von einer so
weit entfernten
Zukunft
spricht ...

SCHOCK

... dass ich als
Freundin eine
Enttäuschung
bin?

Solang
ich den Rest mei-
nes Lebens mit dir
verbringen kann, ist
alles andere Neben-
sache, Momo.

»Jahre auf
sich warten
lassen«?

... in Ruhe über all so was nachdenken.

Momo ...

... lass uns heiraten ...

... und als Ehepaar ...

Ja?

... und war ständig in Sorge.

Ich wollte mit Natsuki Sex haben, der uns für immer aneinander bindet ...

... aber ich schien nicht fähig zu so einem atemberaubenden Akt ...

Jetzt hat mir Natsuki ...

... jedoch geschworen, für immer mit mir zusammenzubleiben.

Uh ...

Das waren also deine Gedankengänge.

So ist das also.

Verstehe ...

Wie süß ...

KÜSS

KÜSS

Hah...

Hah... Mh!

ZUCK

Wa...

Warte bitte ...

Ah!

Mh ...!

Hah...

Du hast dir so viele Gedanken gemacht.

Genauso wie ich.

Hah...

?!

SLRP

SLRP

SCHLPP

So süß.

ZUCK

... fühlt
sich feucht
an ...

SCHLPP

GLTSCH

Momo ...

... zwischen
meinen
Schamlip-
pen ...

Aaah!

Ah!

Ah!

Au!

Au!

GLTSCH

GLTSCH

GLTSCH

GLTSCH

*Natsukis
Glied ...*

!

... es ist,
als würde ich
träumen ...

Natsuki ...

Hah...

Ich dringe noch etwas tiefer in dich ein.

Natsuki ist ...

Mh!

ZITTER

ZITTER

Ah Ah ...

ZITTER

Ah ...♡

So heiß ...

Uh!

Fühlt sich toll an ... Aah!

Hah ...

...! ... wirklich ...

Aah!♡

Dräng

... in mir drin.

Zuck

Aaah ...!

Zuck

Mh!♡

Nicht ...

Nicht!

Nie hätte ich gedacht, dass es sich so gut anfühlen würde.

Ich hab Angst ...

Unglaublich ...

Hah!

GLTSCH

Hah!

Ja Ja ...

Ist das normal?!

GLTSCH

Mh!

Ugh ...!

Erinnerst du dich an die Aufgabe einer Lady?

... unter- drück deine Worte nicht.

Liegt es daran, dass ich stillos und lüstern bin?!

Dabei ist es mein erstes Mal.

Zuck

Momo ...

Zuck

...!

...

Hah ... ...!

Wie lüstern du dich windest ...

Aah!

Wind

I...

Ich schaff's nicht!

Wind

Zitter

Zitter

Ah ...

In mir drinnen ...

... fühlt es sich toll an!

Gltsch

Ah! ♡

Ah! ♡

Was ist los?!

Mein Körper bewegt sich ganz seltsam.

Ah! ♡
Ah!
HEUL
Nein ...!
KULLER
KULLER
Neein!
Ah! ♡
Momos hoffnungsvolles, unschuldiges Gesicht ...
HICK
Wenn ich mich so stillos gebe ...
... wirst du mich nicht als Ehefrau wollen.
Zitter
Zitter
Zitter
HICK
... wird von Verzweiflung und Scham ...
... aber mehr noch von Lust verzerrt.
Oh weh ...
So viele Tränen ...
Hah ...
Hah ...

Hah!

Wie süß ...

Dabei hast du dich so ins Zeug gelegt ...

Arme Momo ...

Schauder

Hah!

Schauder

DRÄNG

Es tut mir leid ...

... aber während des Aktes elegant zu sein, ist grundsätzlich ...

Er wird größer?!

Was ..?!

Zuck

... nicht möglich.

Ah?!

... sodass du dich niemals von mir trennen kannst.

... dafür zu sorgen, dass sich dir die Erinnerung an dein erstes Mal für den Rest deines Lebens einprägt ...

... und dich zu einer Perversen zu machen ...

Zitter

Nicht ...

Mein Wunsch ist es ...

Das geht nicht ...

Zitter

... ein Sex-Szenario nach deinen Wünschen kreieren.

Dafür musste ich zunächst ...

Um Momos naives Ideal zu verwirklichen ...

... fing ich mit einem Training für elegantes Benehmen für Körper und Geist an ...

... und schärfte so ihr Bewusstsein für Sex.

... um alles über sie in Erfahrung zu bringen.

Anfangs hab ich nur daran gedacht, ein Sex-Szenario nach ihren Wünschen zu kreieren ...

... und ihr zeigen, dass sie sich elegant ihrer Lust hingeben und mitreißen lassen kann ...

Ich wollte den Wunsch, elegant Sex zu haben, tief in Momos Bewusstsein verankern ...

Aber jetzt bin ich froh, sie nach ihrer Meinung gefragt zu haben.

Zuck

Zuck

KRAMPF

Du
wirst ...

Mmh!

Heh!

Ah
...

Aah!

... enger!

Aah!

Ah!

Ah
...

Ah!

... fühlt
sich gut
an!

Zuck

Zuck

Zuck

Mein
Hintern
...

Aaah!

Auf diese
Weise wirst du
mit niemandem
mehr außer mir
Sex haben
können.

Ah!

Mmh!

Ha
ha!

Wer hätte
gedacht, dass
die werte Lady
Momo zu so einer
liebeshungrigen
Bestie mutieren
würde.

Hah!

DIE WERTE LADY LÄSST SICH
GERN ... BAND 5 – ENDE

Autorenkommentar

Monaka Morinaka

Vielen Dank, dass ihr den fünften Band
von *Die werte Lady lässt sich gern den
Hintern versohlen* erworben habt! Dass ich
schon fünf Bände veröffentlichen konnte, habe
ich nur eurer Kaufbereitschaft zu verdanken.
Dafür danke ich euch wirklich ganz herzlich!
Im fünften Band bereisen die beiden weiterhin
Tschechien und turteln dabei verliebt herum.
Es wäre mir eine Freude, wenn ihr zumin-
dest ein klein wenig Spaß dran hättet!

Die werte *Lady* lässt sich gern
den *Hintern* versohlen

TOKYOPOP GmbH
Hamburg

TOKYOPOP
1. Auflage, 2023
Deutsche Ausgabe/German Edition
©TOKYOPOP GmbH, Hamburg 2023
Aus dem Japanischen von Iga Handtke

OJOSAMA WA OSHIOKI GA SUKI Vol. 5 by Monaka MORINAKA
©2019 Monaka MORINAKA
All rights reserved.
Original Japanese edition published by SHOGAKUKAN.
German translation rights arranged with SHOGAKUKAN
through The Kashima Agency.
Original cover design: Ayako KANAI (Kanai Design Room)

Redaktion: Sabine Scholz
Lettering: Vibrant Publishing Studio
Herstellung: Alina Kronenberg
Druck und buchbinderische Verarbeitung:
CPI – Clausen & Bosse GmbH, Leck
Printed in Germany

| MIX Papier FSC® C083411 | Wir achten auf die Umwelt. Dieses Produkt besteht aus FSC®-zertifizierten und anderen kontrollierten Materialien. |

ISBN 978-3-8420-8358-5

I ♥ SHOJO
少女漫画が大好き

News Vorschau ShoCo Cards My Shojo Moments Community ∨ About Shop ☆ VIP-Bereich ☆

ShoCo Cards

ShoCo Card steht für SHOJO Collectors Card.

Seit April 2014 erscheint jeden Monat ein neuer SHOJO Top-Titel, dem in der Erstauflage eine ShoCo Card zum Sammeln beiliegt. Außerdem erscheinen zwischendurch auch ganz spezielle ShoCo Cards – wie zum Beispiel die Halloween ShoCo Card im Halloween Pack von *Scary Lessons*!

Die Vorderseite ziert eine hübsche Illustration zum jeweiligen Manga und auf der Rückseite findest du einen Steckbrief und Infos zu der entsprechenden Mangaka.

Auf dieser Seite erfährst du, in welchen Manga die begehrten ShoCo Cards beiliegen und in welchem Monat sie erscheinen! Aber beeil dich, wenn du alle Karten sammeln möchtest: Nur in der Erstauflage sind die Karten enthalten!

Alle ShoCo Cards

Januar 2021: Check Me Up!, Band 01 Dezember 2020: Die Geschichte vom Untergang unserer Liebe, Band 01 November 2020: Lovesick Ellie, Band 03

Oktober 2020: Verliebt in die Nacht, Band 01 November 2020: Ein Kuss reinen Herzens, Band 01 Oktober 2020: ... with

Seite durchsuchen... LOS

📩 Kontakt

Du erreichst uns jederzeit unter:
iloveshojo@tokyopop.de.

📷 Instagram

Mehr laden...

Neue Fragen aus der Community

Interviews, Fanart, ShoCo Card Übersicht und noch vieles mehr erwarten euch!

Folge uns auch auf
f www.facebook.com/iloveshojo
📷 tokyopop_iloveshojo
🐦 iloveshojo@tokyopop.de

Drei hübsche Schuber mit Wechselcover!

Die i♥Kayoru Box 3 enthält:
Die Blüte der ersten Liebe
Zusammen mit Dir
Leuchtend wie Yukis Liebe

SIRUPSÜSSE SÜNDE

Kayoru

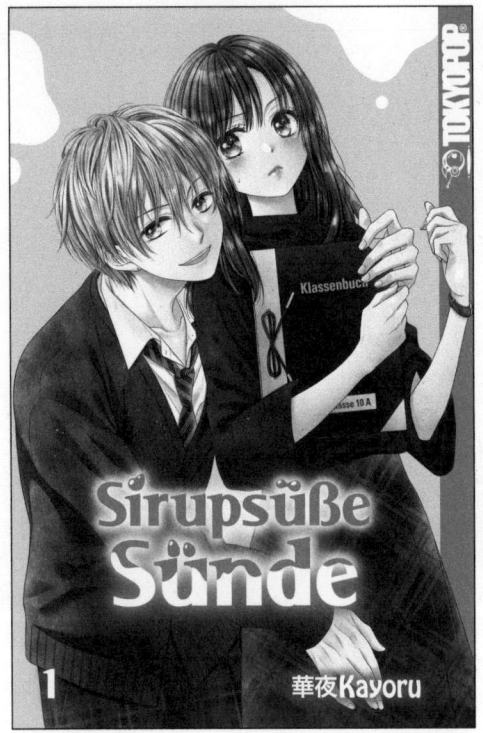

Nur eine Wette oder doch die wahre Liebe?

Kaede ist ein Playboy, wie er im Buche steht! Da er ständig auf der Suche nach neuen Abenteuern ist, wetten seine Kumpel, dass er es nicht schafft, Tsukiko ins Bett zu kriegen – ihre 27-jährige Englischlehrerin! Diese ist immerzu bemüht, die perfekte Frau zu verkörpern, doch in Wahrheit ist sie eine totale Chaotin und trinkt gern ein Glas zu viel. Ob Kaede ihre schlechten Angewohnheiten ausnutzen wird, um sie ins Bett zu kriegen?

ZUM GLÜCK BEI DIR

Rika Enoki

Priester, Nachbar, Herzensdieb!

Die 16-jährige Yae zieht für ein ganzes Jahr von Tokyo aufs Land. Schon am ersten Tag in ihrer neuen Heimat begegnet sie einem charmanten Mann namens Oda, der sich nicht nur als Priester des örtlichen Schreins, sondern auch als ihr Nachbar herausstellt! Um Yae den Einstieg in ihr neues Leben zu versüßen, bietet er ihr seine Hilfe und sogar einen Job als Schreinmädchen an. Yae ist Oda sehr dankbar, doch schnell wird ihr bewusst, dass er mehr von ihr will ...

www.tokyopop.de

BLIND VOR LIEBE

Mio Mamura

Antrag auf den ersten Blick

Sena hat es wirklich nicht leicht! Während ihre Mitschülerinnen ihr Leben an der Highschool genießen, arbeitet sie nebenher als Reinigungskraft, um den Schuldenberg ihres Vaters abzubauen. Als sie in einem Firmengebäude auf den jungen Chef des Unternehmens, Kei Ogasawara, trifft, macht der ihr augenblicklich einen Heiratsantrag. Ein Schock! Doch er bleibt hartnäckig und zieht sie immer weiter in seine High-Society-Welt hinein. Könnte es sein, dass sie ihn schon länger kennt?

www.tokyopop.de

SEXY SHORT STORIES
Ai Hibiki

»Ich wusste gar nicht, dass du so sexy bist!!«

Aki ist schon seit Langem in ihren Kindheitsfreund Hayato verliebt. Plötzlich bietet sich für sie die Möglichkeit, in seinem neuen Filmprojekt die Hauptrolle zu übernehmen. Es handelt sich allerdings um einen erotischen Kurzfilm! Ist das endlich die Gelegenheit, sich Hayato von einer anderen Seite zu zeigen und ihn womöglich zu verführen? Fünf süße, erotische Kurzgeschichten über die Liebe, Lust und Leidenschaft aus der Feder von *Dein Verlangen gehört mir*-Autorin Ai Hibiki!

www.tokyopop.de

UNWIDERSTEHLICHER S
Ai Hibiki

Ich werde eine vorzügliche Liebhaberin!

Da ihr Vater hoch verschuldet und die Mutter sehr krank ist, beschließt Miku ihre Familie aus der finanziellen Notlage zu befreien. Sie will sich einem reichen Verwandten als Mätresse anbieten, wird jedoch bereits an den Toren des Anwesens vom Butler abgewiesen, da sie zu unerfahren sei. Was Miku an Kenntnissen in Sachen Liebe fehlt, gleicht sie jedoch mit Hartnäckigkeit aus. Und so muss sie sich ausgerechnet von dem gut aussehenden Butler Sogo »Liebesunterricht« erteilen lassen, um die Position der Liebhaberin zu ergattern ...!

www.tokyopop.de

KÜSS MICH RICHTIG, MY LADY!

Kayoru

Liebe, Luxus, Leidenschaft

Nene weiß, was sie will, und sie bekommt, was sie will. Vor allem von Sakuma, ihrem persönlichen Butler. Schon als Nene ein kleines Mädchen war, las er ihr jeden Wunsch von den Augen ab. Auf die Erfüllung eines bestimmten Wunsches wartet Nene jedoch vergeblich: eine romantische Liebeserklärung. Als Nenes Vater plötzlich mit einem Verlobten für sie vor der Tür steht, fasst sie einen Entschluss: Wenn sie jetzt schon die Rolle einer Ehefrau ausfüllen soll, dann bitte vorbereitet! Und kein anderer als Sakuma soll sie dabei anleiten ...

www.tokyopop.de

LIEBE KENNT KEINE DEADLINE!
VERRÜCKT NACH EINEM MANGAKA

Kayoru

Verführerisch-freche Highschool-Lovestory à la Kayoru!

Ichika, hübsche Tochter aus reichem Hause, scheint das Sinnbild der perfekten Schülerin zu sein. Was jedoch kaum jemand weiß: Sie ist ein leidenschaftlicher Otaku und gibt sich in ihren Tagträumen schönen Mangahelden hin. In die Realität holt sie der Rowdy Subaru zurück, der sie nach einem Streit plötzlich verschleppt und sich kurz darauf als ihr Lieblingsmangaka vorstellt ...!

www.tokyopop.de

DEINE TEUFLISCHEN KÜSSE

Kayoru

Teuflisch-süße Highschool-Lovestory à la Kayoru!

Als Mokas Vater seinen Job verliert und die ganze Familie plötzlich kein Dach mehr über dem Kopf hat, kommen sie dank Mokas Klassenlehrer Herrn Onimiya, Spross einer reichen Unternehmerfamilie, an eine günstige Wohnung. Auf Geheiß ihrer Verwandten soll Moka allerdings bei ihrem Lehrer wohnen – in der Hoffnung, dass sie sich verlieben und später heiraten. Doch der geliebte Lehrer ist in Wirklichkeit ein Teufel, der sie bei jeder Gelegenheit schikaniert ...

www.tokyopop.de

BITE MAKER
Miwako Sugiyama

Der erste Shojo-Manga im Omegaverse!

Mit den Genen eines Alphas und einzigartigen Fähigkeiten aus-
gestattet, liegt dem smarten Nobunaga das Tokyo der Zukunft
zu Füßen. Ein Los, das nur einer von 100.000 Menschen zieht!
Obwohl er scheinbar alles haben kann, verzehren sich sein Körper und Geist nur nach einer Person: einer Omega. Auch das
Leben der hübschen Noel wird von der Sehnsucht geprägt. Wie
gern würde sie ein ruhiges Dasein als Beta führen. Als sie jedoch
per Zufall auf Nobunaga trifft, begreift sie, wie sehr ihre Gene ihr
Schicksal bestimmen ...

www.tokyopop.de

DEIN VERLANGEN GEHÖRT MIR
Ai Hibiki

Nichts als Sex im Kopf!

Frauenheld Mahiro und Musterschülerin Rei leben durch die Heirat ihrer Eltern ab sofort unter einem Dach! Da Mahiro hobbymäßig in jeder freien Minute mit Mädchen zusammen ist, zieht er sich den Zorn von Rei zu, die ihn deswegen offen kritisiert. Dafür will er sich rächen, doch damit nimmt das Unheil seinen Lauf, denn jetzt lässt Rei ihm keine ruhige Minute mehr ...!

www.tokyopop.de

DO SOMETHING BAD WITH ME
Haru Aoi

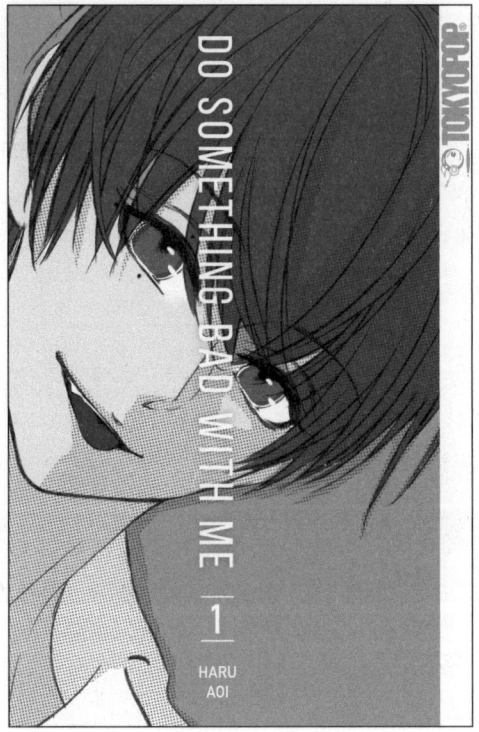

My Bucket List of Love

Wer Hilfe benötigt, ist bei Musterschülerin Towako bestens aufgehoben, denn sie ist freundlich, ordentlich und hilfsbereit. Vorausgesetzt man ist ein Mädchen, denn Towakos Hass auf Jungs ist schulbekannt! Gerade frisch an der Highschool, lernt auch der hübsche Yui ihre kühle Art kennen. Als ihm Towakos Notizen in die Hände fallen, erfährt er ihr Geheimnis: Nur zu gern würde sie mit einem Jungen unanständige Sachen machen ...

www.tokyopop.de

CHECK ME UP!
Maki Enjoji

Diagnose? Liebe!

Als Nanase gemeinsam mit dem jungen Arzt Dr. Tendo das Leben
einer alten Dame rettet, ist es um sie geschehen: Diesen attrak-
tiven Helden muss sie wiedersehen! Sie schlägt die Laufbahn der
Krankenschwester ein und landet sogar in derselben Klinik wie
Dr. Tendo! Doch die Begegnung verläuft anders als gedacht. Statt
auf einen charmanten Arzt trifft sie auf einen dämonischen Medi-
ziner, dem die Kollegen wegen seiner ruppigen Art aus dem Weg
gehen. Nanase lässt sich jedoch nicht einschüchtern und bietet
ihm mit frechen Sprüchen die Stirn!

www.tokyopop.de

STOPP!

**Dies ist die letzte Seite des Buches!
Du willst dir doch nicht den Spaß verderben
und das Ende zuerst lesen, oder?**

Um die Geschichte unverfälscht und original-
getreu mitverfolgen zu können, musst du es
wie die Japaner machen und von rechts nach
links lesen. Deshalb schnell das Buch um-
drehen und loslegen!

So geht's:

Wenn dies das erste Mal sein
sollte, dass du einen Manga
in den Händen hältst, kann dir
die Grafik helfen, dich zurecht-
zufinden: Fang einfach oben
rechts an zu lesen und arbeite
dich nach unten links vor.
Viel Spaß dabei wünscht dir
TOKYOPOP®!